The Path to Finding Myself

시인의 말

　조선 시대 문학의 한 장르인 시조(時調)의 종장(終章) 3, 5, 4, 3 형식을 빌려 쓴 넉줄시가 우주의 문을 열고 당신께 닿기를 바랍니다.

　넉줄시가 이 땅에 나온 지 여덟 해를 맞습니다. 그동안 넉줄시 밴드에 640여 명의 회원이 가입해서 창작시와 화답시를 주고받으며 "언어는 짧고 침묵은 하염없이 긴" 넉줄시로 시상을 즐기고 있습니다.

　세상은 AI의 시대로 급격하게 변하고 있습니다.
　챗GPT로 넉줄시를 1차로 영시로 번역하였습니다. 그러나 아직 한자어나 우리 고유의 단어는 인식을 못 한다는 제한점이 있습니다. 그래서 제가 2차로 검토해서 수정하고 3차로 미국 Atlanta에 살고있는 Onyoung 가족이 최종적으로 검토하여 산고(産苦)의 넉줄시 영역본 시화집을 출산하게 되었습니다.

　급변하는 세상은 시(詩)도 3S 즉, 가능한 짧(short)고, 단순 (simple)하며, 감동(sensation)을 주어야 한다고 생각합니다. 그래서 3, 5, 4, 3 곧 15자 넉줄 정형시를 창안하게 되었습니 다. 당신이 지닌 마법의 황금 도끼인 스마트폰, 그 화면에 한 편의 시를 언제 어디서나 감상하고 사유할 수 있는 기회가 되 기를 소원합니다. 넉줄시가 너무 짧아 이해하기 어렵다는 의 견을 반영하여 이번 시집에서는 그림을 함께 넣었습니다.

　챗GPT AI가 번역한 『날 찾아 떠나는 길』 넉줄시 영역 시화 집이 훨훨 날아가 당신과 함께 생각의 바다로 항해할 수 있 기를 희망합니다.

　챗GPT 원고를 끝까지 읽어주고, 영시(英詩)로서의 정확하 고 분명한 전달과 적절한 단어를 찾느라 토론하고 고민해준 미국의 Onyoung 가족, Youngsung, Rich에게 감사의 마음 을 전합니다.

2023. 5. 15
理石 육근철 쓰다

✳ 넉줄시 밴드
https://band.us/n/a3ab89qb14hax

차례

겨울 삭풍(朔風) + Boreas

가을 파문(波紋) + Rippling Wave

여름 징조(徵兆) + Omen

봄 목단 + Peony Blossom

해설 그리움의 깊이를 담은 '순간의 미학'

강(江)

새 물결
바이오 AI
퍼지네
물수제비

River

New waves
Biological AI
Spreading and skipping
Stone on the water

우주

지혜 智慧

순간은
영원의 미분
감추어진
조각보

Wisdom

A moment is
A derivative of eternity
A hidden
Patchwork wrapping

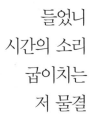

들었니
시간의 소리
굽이치는
저 물결

Knots

Did you hear
The sound of time
Meandering
Among waves

간섭 干涉

두 마음
한마음 되어
일렁이는
저 물결

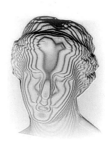

Interference

Two hearts
Become one
Undulating
Waves

문장 文章

어디로
날아갔을까
불 찾아
켜는 순간

Sentence

Out of mind it flew
With a single switch
Thoughts
Sail away

존재 *存在*

시간이
파묻져 가네
꽃잎은
춤만 출 뿐

Existence

Time flows
Like ripples
Flower petals
Dance with the flow

지동설 地動說

우주를
굴리고 가네
한 사내
쇠똥구리

The Heliocentric Theory

The universe
Rolling through
By A man
Dung beetle

월식 月蝕

붉은 달
수줍은 미소
천상의
숨바꼭질

Lunar Eclipse

Red moon
Bashful smile
Heavenly with a
Game of hide and seek

화장 火葬

불꽃 속
나는 널 본다
사르라
아픈 기억

Cremation

I see you
Through the flame
Burning away
Painful memories

손금

어디쯤
가고 있을까
움켜쥔
나의 운명

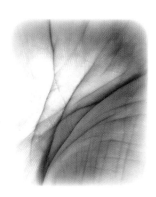

Palmistry

Lines foretold
Where I stand
Clutched in my palm
My destiny

지구

창백한
푸른 점 하나
울고 웃고
다투고

Earth

A pale
Blue dot
Crying, laughing
And struggling

자침 磁針

내 눈짓
믿어도 좋아
전율하는
이 사랑

Compass

Trust me
Winking
The thrilling
Love

플랫폼

아련히
떠나는 기차
쫓아가는
아이 둘

Platform

Departing train
Receding
Pursued
By two youngsters

챗봇

똘똘한
인간의 조수
넘볼라
창조 영역

Chatbot

A human's
Ingenious aide
Envy
Expand into the realm of creation

헌 시집

불 켜라
호기심의 방
거닐다
행간의 뜰

Old Poetry Book

Turn on the light
Explore the room of curiosity
Stroll along
In the courtyard between the lines

화두 話頭

무엇을
깨달았는가
묻고 묻는
돌거북

Big Doubt

What
Enlightenment
Incessantly asks
The stone turtle

거울

생각도
감각도 없어
비추어
말 없는 말

Mirror

Devoid of thoughts
And senses
Reflecting
Words unspoken

현미경

없을까
들여 다 볼 수
사랑 세포
마음속

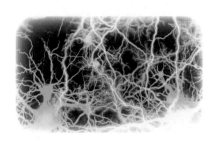

Microscope

Is there means
Too look through
The love cells
Of my heart

창작 創作

빈 볼펜
지나간 자리
해 뜨고
산이 웃다

Creative Painting

An empty ball pen
Tread by it
The sun rises
Through the smile of the mountains

풍경 風磬

엿보다
찰나의 순간
무한을
움켜쥐고

Wind chime

Taking a glimpse
In a fleeting
Moment
Grasping infinity

명상 瞑想

침묵 속
날 들여 보다
돌 하나
모래 물결

Meditation

In the silence
Gaze into my heart
Single stone
Waves of sand

운명 運命

있었나
왜 하필이면
그 시간
그 자리에

Fate

Did it exist
Why was I there
At that time
In that place

묵상 默想

단풍 진
눈 부신 햇살
숨어 사는
돌거북

Contemplation

Fall foliage
Glaring light
Hidden from sight
Of rock tortoise

비밀 秘密

내 안에
또 내가 있어
러시안
인형처럼

Secret

Within me
Exists a deeper parts
Like a
Russian Doll

창 窓

처마 끝
풍경 되라네
울음 삼킨
물고기

Window

Become a wind chime
On the edge of the roof
Fish that swallows
Their own lamentations

신의 눈

어쩌면
저리 고울까
몽환夢幻의
나선 성운

God's Eye

How
Beautiful it is
Dream and phantasma
Spiraling nebula

바둑

달 뜨는
생각의 꽃밭
홀로 노 젓는
뱃길

Baduk

Moon rises over
Flowering fields of thought
Rowing alone
On the boat's route

기억 記憶

자꾸만
주춤거리네
고장 난
시곗바늘

Memory

It keeps
Hesitating
The broken
Clock's needle

망원경

땡겨 봐
무르팍 상처
진달래
꽃물 한 줌

Telescope

Draw the image near
Wounded knee
Azaleas
Handful of flower essence

관계 | 關係

사랑은
연립방정식
너와 나의
눈길 속

Relationship

Love
A simultaneous equation
In the midst of our
Shared gaze

궁리 窮理

이 마음
키워주소서
잡채로 쓴
창의력

Deliberation

Please nurture
This heart
Creative writing
With the Japchae noodle

일식 日蝕

손톱 달
흥건한 그늘
해를 품은
그림자

Solar Eclipse

Fingernail moon
In the thriving shade
The shadow
Embracing the sun

깨달음

무리無理가
물리物理인 것을
이치理致가
어디 있나

Enlightenment

Nonsense is
Physics
Where is
Reasoning

과녁

작은 점
예리한 눈짓
확장하는
노란 불

Target

Small dot
With Sharp gaze
Expanding
The yellow light

AI

열렸나
판도라 상자
인간의
양자 점핑

AI

Has it opened
Pandora's box
Humanities
Quantum jumping

단어 單語

옥구슬
찾아 해매다
흩어진
퍼즐 조각

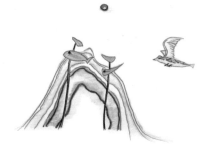

Words

Beads of jade
Searching and wandering
Scattered
Puzzle pieces

영혼 靈魂

비우고
또 비우거라
못 날아
무거우면

Soul

Empty yourself
Empty once more
When burdened heavy
One cannot fly

4박자

언젠가
종을 치겠지
갑옷 입은
물고기

Fourbeat Rhythm

Someday
Victory bells will ring
A fish
Covered in armor

The Path to Finding Myself

삭풍(朔風)

시냇물
갑옷 입는 밤
겨울 산
앓는 소리

Boreas

A stream
Wearing armor at night
Mountains in winter
Groaning

겨울

입동 立冬

애닯다
아기 진달래
고장 난
생체 시계

Advent of Winter

Piteous
Baby azalea
A broken
Body clock

폭설 暴雪

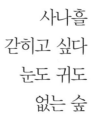

사나흘
갇히고 싶다
눈도 귀도
없는 숲

Heavy Snowfall

For few a days
I want to be trapped
In the forest
Where there is neither ears nor eyes

섬돌

기우뚱
무중력 상태
헛디딘
젖은 발목

Stone Steps

Shifting
Zero gravity state
A false step made
A damp ankle

설족

지난밤
다녀가셨나
궁수자리
외계인

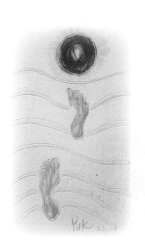

Snow Footprints

Did it passed by
Last night
Sagittarius
Alien

헌 신발

드러낸
존재의 진실
스며든
고독의 길

Worn Shoes

Reveal the truth
Of my existence
Suffuse
In the path of solitude

와인

음미해
시간의 향기
열리는
비밀의 문

Wine

Savoring
Fragrance of time
Uncorking
The secret door

수액 水液

방울진
회한의 눈물
적시네
똠방똠방

Intravenous

Droplets
Tears of regret
Wet
Drip, Drip

노숙자 露宿者

잠자네
신문지 덮고
울고 있네
사건들

Homeless

Sleeping
Covered by Newspaper
Crying
Over current events

시 詩

찾아라
피 끓는 단어
번갯불
내려치듯

Poetry

Find Words
Words boiling with passion
Strike
Like lightning

나뭇결

보았니
시간의 소리
굽이치는
저 물결

Tree Rings

Can you see
The sound of time
In the meandering
Waves

월출 月出

줄광대
제자리 뛰기
팽팽한
흰 수평선

Moonrise

Rope clown
Jumping in place
Taut
On the white horizon

나목 裸木

서 있네
말도 못 하고
한 잔 술
버선발로

Leafless Tree

Standing alone
Timid and still
A sip of wine
In bare feet

폭포

춤추듯
살풀이 하네
한 맺힌
저 목소리

Waterfall

Like spiritual purification
Dance
Voice of
Deep sorrow

고사목 枯死木

남루한
옷 걸쳐 입고
늙은 시인
서 있네

Dead Tree

Tatter–Ragged
Clothing
Aging poet
Standing

정령 精靈

뻐꾹아
두렵지 않니
자작나무
저 눈길

Spirit

A cuckoo
Aren't you afraid
All white birches
Gazing

청자 青瓷

봄 햇살
담청색 바다
까까머리
보리밭

Blue Porcelain

Dazzling sunlight of spring
Turquoise sea
Barley field like
Crew cut hair

석별 惜別

잘 놀다
이제 갈란다
거북바위
타고서

Separation

Played well
Now to leave
Riding on
A turtle rock

밤길

그리워
별들도 운다
달빛 고인
발자국

Night Road

Deeply missing you
Even stars shed a tears
Moonlight's reflection
Encased in the footprints

명당 明堂

비켜줘
디오게네스
사색하는
고양이

Bright Spot

Step aside
Diogenes
Contemplative Cat
Meditating

여인상 女人像

손안에
쥐어진 운명
시린 손
한 땀 한 땀

Woman statue

Fate handed
To me
Stitching away
With chilled hands

그 집

발걸음
몰래 간직한
가슴앓이
그림자

That House

Footsteps
Secretly cherished
Heartache with
Nostalgic shadow

The Path to Finding Myself

파문(波紋)

약속은
저만치 가네
기억은
새록새록

Rippling Wave

The promise
Is floating away
The memories are
Vivid and clear

가을

이 순간

연필 끝
고추잠자리
묵상하는
외계인

This Moment

A dragonfly
On the tip of the pencil
An alien
Musing

노송 老松

참 좋아
내가 나라서
붉은 기개
푸른 꿈

Old Pine Tree

Liking myself
For being me
Indomitable spirit
Blue dream

노을

그립다
그립다 하면
다시 올까
그 사람

Sunset

I miss you
Will you come back again
If I say
I miss you

수행 修行

팔 벌려
빈손이라고
허수아비
빈 들판

Practice

Arms wide open
Empty hands
A scarecrow
In an empty field

나비

춤추네
잡힐 듯 말 듯
요리조리
애타게

Butterfly

Flittering and fluttering
Seemingly attainable but elusive
Hither and thither
Frustrated

주련 柱聯

여보게
듣고 가시게
수묵색
난초 향기

Writing on a Post

Hey, dear
Listen before you go
The color of indian ink
Fragrance of orchid

무심 <small>無心</small>

풍경에
나비 앉았네
질투하는
물고기

Innocence

A butterfly landeds
On the wind chime
A jealous
Fish

회상 回想

할머니
은수저 비녀
달 뜨는
꾀꼬리봉

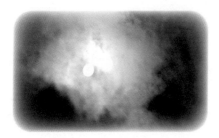

Reminiscence

Grandmom's
Silver spoon hair ornament
Moon rising
At peak of oriole

농막 _{農幕}

오늘도
섬이 되었다
꽃향기
넘실대는

Farmer's Hut

Became an island
Once again today
Brimful floral scent
Swaying in the breeze

달

저 능선
알고 있을까
비우고
채우는 뜻

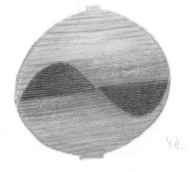

Moon

Does the ridge
Know
The meaning of Waning
And waxing itself

고엽 枯葉

책갈피
잎맥 그물망
걸려든
기적소리

Withered Leaves

Amidst the page
Veins like a mesh
Entangled
Train whistle

초롱꽃

오소서
사랑의 행렬
밤마실
꽃등 들고

A Bellflower

Please come
The procession of love
A nightlife
Holding flower lamps

담쟁이

오르네
손에 손잡고
모두다
포기한 벽

An Ivy

Climbing up
Hands holding hands
Everyone
The wall had given up

낙조 落照

태양아
두려워 마라
사랑에
빠지는 거

Sunset Glow

Oh sun
Don't be afraid
Of falling
In love

천사

구름 위
스카이 콩콩
함박웃음
아이들

Angels

Above the clouds
Sky high kong kong
Guffaw
From youngsters

기러기

어둠 속
별들의 신호
비밀의
조타장치

Geese

In the darkness
Guided by the stars
A secret
Navigation device

귀로 歸路

트럼펫
미완의 선율
갈매기
미끄러짐

Homeward

Trumpet's
Unfinished melody
Seagull's slide
With slippery landing

시인 詩人

한 줄기
어둠 속 빛살
꿈을 꾸는
방랑자

Bard

A beam of light
In the darkness
Wonder's
Dream

윤슬

태양은
색색의 영혼
물 비친
소녀의 꿈

Glistening Ripple

The sun is
A colorful soul
Reflecting on the water
A girl's dream

역 驛

노을 져
타고 내리네
오고 가는
사람들

Station

Descending and ascending
With sunset glow
People
Come and go

서리꽃

밤새 핀
연인의 입김
짧은 사랑
긴 이별

Frost Flower

Bloomed all night
With lover's breath
Short lived love
Long farewell

밀애 密愛

안겨봐
꼭 안아줄게
새빨개진
담쟁이

Intimate Love

Embraced by me
I will hold you tight
Ivy
Blushed

압화 壓花

짓밟혀
별이 되었네
비 젖어
슬픈 낙엽

Stamped Leaves

Trampled leaf
Becoming a star
Rain drenched
A sad fallen leaf

단풍

눈탱이
얻어맞았나
눈이 번쩍
번개 불

Autumn Leaves

Struck
In the eye
Seeing stars
Like flashing light

학 鶴

지금도
보고 계실까
물 비친
꾀꼬리봉

White Dew

Still watching
Amongst the water
Peak of oriole
Reflecting it shape

만추 晚秋

불이야
단풍나무집
바람 난
할아버지

Late Autumn

Ablaze
The house of maple tree
Old man
Longing for love

춤

팽그르
돌고 또 도네
거미줄
걸린 가을

Dancing

Spinning
Round and round
Autumn caught
In spider webs

황혼 黃昏

이 슬픔
등지고 가네
마지막
애원인 듯

Twilight

This sadness
Carried on piggyback
At last
Pleading

산국향 山菊香

여기 좀
앉았다 가요
잡아끄는
옷소매

Scent of Wild Chrysanthemum

Shall we sit
Here for awhile
Luring by
The sleeves

추우 秋雨

적시네
감나무 밑둥
들이치는
서러움

Autumn Rain

Drenching
The stump of Persimmon tree
Engulfed
In piercing sorrow

폭풍

가랑잎
휘몰아치네
외마디
죽비소리

Storm

An oak leaves
Whirling and swirling
Shout
Sound of bamboo clashing

시심 詩心

훔쳐라
자연의 시선
꽃의 눈
바람의 말

Heart of Poetry

Steal it away
Nature's gaze
Eyes of flowers
Words of the wind

시선 視線

물까치
돌거북 타고
어딜 가나
갈바람

Gaze

Water magpies
Riding on a stone turtle's back
Where are they going
The autumn winds

The Path to Finding Myself

징조(徵兆)

열 받은
지구의 경고
아름다운
야광운(夜光雲)

Omen

A heated warning
From Earth
Glorious
Noctilucent clouds

여름

참선 參禪

청대 숲
숨어든 달빛
마주 앉은
눈썹달

Zen

Blue bamboo grove
Hidden moonlight
Facing each other
Crescent moon

산책

숲속은
생각의 바다
날 찾아
떠나는 길

Walking

The grove is
An ocean of thoughts
The path to finding
Myself

증거

외톨이
달팽이 보폭
신이 보낸
초대장

Evidence

A loner
With snail's slow pace
From divine
Invitation

파동 波動

은갈치
삼바춤 추네
색시한
지느러미

Waves

Silver scabbard fish
Dancing samba
Sexy
Fins

원추리

태양을
저격하거라
빳빳이
고개 들어

A Day Lily

Take aim
At the sun
Stiffly
Hold your head up high

무늬

겹치면
꽃이 피던가
일렁이는
저 물결

Patterns

Overlapping
Will flowers bloom
Undulating
Those waves

인연 因緣

저렇게
잊혀지겠지
흰 구름
고개 넘듯

Karma

Forgotten
Fading away
Like white clouds passing
Over the mountain

부나비

나 죽어
불꽃 되리라
하룻밤
눈먼 사랑

Garden Tiger Moth

I will burn
And become a flame
Blinded by love
For a single night

밤비

찬란한
가로등 불빛
속삭이는
유리창

Rainy Night

Radiant
Streetlamp lights
Whispering
Through the window pane

동경 憧憬

하늘가
비행기구름
굴렁쇠
바퀴 소리

Yearning

White trail cloud
On sky's edge
A iron hoop
And humming of wheels

매미

울음 뚝
빈 껍데기만
매달린
지난여름

Cicada

Stop buzzing
Just an empty shell
Hanging
Last summer

낙수 落水

솔, 라, 시
빗방울 연주
오선지
음표인 듯

Raindrops

Sol, La, Si
Rain drops playing melody
Like a notes
On a musical staff

꽃무덤

한 생애
꿈이 담긴 곳
누워 보는
초록별

Flower Grave

Once in lifetime
Where dreams reside
Lying down gazing up
At the bedazzled stars

군무 群舞

찾아온
해오라비난
한 떼의
우주 천사

Group Dance

Dropping by
A fringed orchids
Host of
Cosmic angels

태풍 颱風

엇박자
실성한 바람
솟구치는
물보라

Typhoon

Off-beat rhythm
Howling winds
Gushing upward
Ocean splashing

웅덩이

두드려
구애求愛의 진동
엿장수
소금쟁이

Puddle

Taping
For seduction
A water strider
Like a taffy seller

자애 慈愛

원추리
불타는 소망
품었네
마음속에

Compassion

A day lily
With blazing hope
Cherished
In the heart

이끼

수상해
백허그 까지
고목 나무
새 사랑

Moss

Suspicious
Hugging from the back
An old Tree
It must be New love

토종

줄무늬
개구리참외
쩍 벌어진
황금 맛

Native

Striped
Frog skin melons
Split opened
Golden flavor

상흔 傷痕

누구의
눈동자인 듯
돌확 빠진
보름달

Scar

Like someone's
Iris
A full moon ensconced
In a stone mortar

석양

여울목
바람의 빛깔
꽃간다리
혼인색

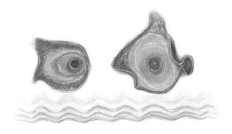

The Evening Sun

The neck of the rapids
With color of the winds
Male minnows
On wedding hues

연꽃

당신은
소중한 사람
꽃 피워봐
나처럼

Lotus Flowers

You are
A precious person
Bloom
Like I do

전선 電線

빗방울
붙잡아 놓고
어딜 갔나
빗소리

Power Lines

Holding
Onto raindrops
Where did they go
The sound of rain

장마

처마 끝
하얀 빗줄기
후룩후룩
칼국수

Heavy Rain

At the eaves
White rain shower
Slurp, Slurp
Homemade noodles

풍란 風蘭

흰 수염
고독한 얼굴
어디가
또 만날까

Wind Orchid

White-beard
Lonely face
Where will we go
To meet again

유월

여름밤
야릇한 상상
목 타는
밤꽃 향기

June

Summer night
Scorching Passion
Thirsty for lust
Fragrance of chestnut flowers

지게

여보게
어딜 가시나
흰나비
짊어지고

A–Frame

Oh dear
Where are you going
Carrying a load
White butterfly

기름 막

우주의
만다라 무늬
아롱아롱
무지개

Oil Layer

Mandala patterns
In the Universe
Mottled
A rainbow

창포

우뚝 서
저 혼자 웃네
물 비친
제 그림자

Yellow Iris

Standing tall
Laughing alone
Reflected in the water
It's own shadow

붓꽃

보낼까
사랑의 편지
쪽 물감
듬뿍 찍어

Iris

Shall I send
A love letter
With indigo dyes
Dipped plentiful

월야 月夜

개여울
울고 또 우네
달빛 젖은
검 바위

Moonlit Night

A shallow stream
Sobs and sobs again
Drenched moonlight
Onto the black rock

고백 告白

털어놔
마음속 비밀
대나무 숲
귓구멍

Confession

Bare
Heart's secret
Bamboo grove
Within earshot

밀회 密會

손자국
뿌연 유리창
자가용
외진 길가

Secret Meeting

Handprints
Obscured window
Carriage
At secluded path

The Path to Finding Myself

목단

피 멍든
저 붉은 입술
누구의
절규인가

Peony Blossom

The bloody bruised
Red lips
Whose
Wailing

봄

벚꽃

늙어도
꽃피우는가
검은 등컬
흰 꽃잎

Cherry Blossoms

When it age
Does it bloom
White petals
On black bark

청매화

무엇이
보고 싶을까
담 너머
기웃기웃

Blue Apricot

What could
They be looking at
Beyond the fence
Wondering and strolling

꿀벌

한 계절
보따리장수
이집 저집
뚜쟁이

Honeybees

For a season
Peddlers carry bundles
Flittering here and there
Matchmaker

동백

꽃잎은
빛의 생채기
반짝이는
빛 물결

Camellia

Petals are
A scratch of light
Shining
Light waves

뻐꾹

어느 먼
그리움인가
봄 물결
출렁이는

Cuckoo

Once a upon
Nostalgic longing
Rippling
Spring waves

봄 길

그 누가
뿌려놓았나
은하수 꽃
별 무리

Spring Trail

Who
Scattered
Milky ways of flowers
Like clusters of stars

투신 投身

눈 위의
핏빛 발자국
동백꽃
눈먼 사랑

Falling Oneself

Crimson footprints
On the snow
Camellias
Blinded by love

설중매 雪中梅

꽃인 듯
눈송이인 듯
성근 가지
흰 나비

Snowy Apricot

Like a petals
Or a snowflake
On scattered branch
Like white butterfly

번뇌 煩惱

그 순간
영혼의 취향
찾아봐
내 분화구

Agony

In that moment
Preference of the soul
Find within
My emotional crater

춘설 春雪

말없이
떠나가리라
기와지붕
눈 녹듯

Spring Snow

Leave
Without trace
Snow melting
On tiled roof

정원 庭園

나만의
창작 시詩 공간
마음공부
몸 단련

Paradise

My own
Creative space for poetry
Enlightenment of the heart
In physical training

짝사랑

잡을래
잡을 길 없는
아지랑이
철로길

One-sided love

Endeavoring to grab
An elusive
Glimmering heatwaves
On a one way track

치매

어쩌나
조각난 기억
흩어지는
벚꽃잎

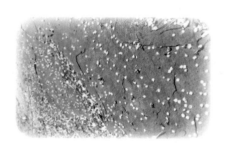

Dementia

What to do
Fragmented memories
Scattering
Cherry blossom petals

제비꽃

누구를
기다리시나
옹기종기
모여서

Violet Pansy

What are you
Waiting for
All huddled up
Together

명자꽃

어머니
보고싶어요
눈시울
붉은 꽃잎

Quince Flowers

I long for you
Bereaved mother
Tears well up
Red petal flowers

회상 回想

술잔 속
어리는 얼굴
홍매화
붉은 입술

Recollection

Reflected visage
Captured in drinking glass
Red plum blossoms
With red lips

봄비

매화향
비 젖어 우네
봐 주는 이
없다고

Spring Rain

Plum blossom fragrance
Drenched with tears
Feeling gloomy
Alone

지창 紙窓

침 발라
뚫은 문구멍
보일까
봄의 소리

Paper Window

A poked hole
With wet finger
Will it be visible
The symphony of spring

늦봄

서러운
봄날은 간다
대추나무
잎 날 때

Late Spring

Sorrowful
Spring days passing
When jujube tree
Sprout new leaves

똑똑

열린 문
애호랑나비
언제 왔나
봄소식

Knock Knock

Doors opened
A swallowtail butterfly
When did it arrived
Spring tidings

눈 맞춤

설레는
연분홍 철쭉
외진 그늘
새색시

Eye Contact

Hearts quivering
Pale pink azaleas
Newlywed woman
In a secluded shade

꽃비

북치고
깽매기 치고
한바탕
춤을 추네

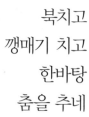

Flower Rain

Drums Beating
Kkaengmaegi clashing
A moment of ecstasy
Dancing in the flowers

애증

눈부신
하얀 민들레
버짐 핀
산골 소녀

Beloved Pain

Dazzling
White dandelions
Blooming the psoriasis
That country girl

홍목련

탱고 춤
추워 보실까
치맛자락
날리며

Red Magnolia

Shall we
Tango
With the dress
Fluttering like wave

수선

은쟁반
황금빛 술잔
찰랑찰랑
봄 햇살

A Narcissus

A silver tray with
Golden wine glass
Glistening and sparkling
In the spring sunshine

야경 夜景

밤 벚꽃
구경나왔네
풍각쟁이
덩실 춤

Night Watch

Cherry blossoms
Sightseeing at Night
Singer strolling
Dancing wildly

왈츠

꽃망울
벙그는 소리
춤추는
매화가지

Waltz

Blossom buds
Swaying sound
Dancing
Plum tree twigs

꽃눈

햇살이
몰고 온 사연
뜯어 볼까
꽃 편지

Flower Bud

The sunshine
Brought the story
A flower letter
Shall I open it

새봄

빛 그늘
회오리바람
폭발하다
마침표

New Springs

Shade of light
Whirlwind blowing
Bursting
Period

민들레

한 포기
앉은뱅이 꽃
우뚝 선
하얀 등대

Dandelion

Single stem
A squatting flower
Standing tall
A white lighthouse

독락 獨樂

찻잔 속
매화 한 송이
누가 알까
이 향기

Lone Enjoy

In a tea cup
A single plum blossom
Who would know
It's fragrance

정자 亭子

뻥 뚫려
하늘이 사네
새순 돋는
후렴구

Pavilion

Widely open up
The sky breathes blissfully
New shoot sprouting
Chorus

해 설

그리움의 깊이를 담은 '순간의 미학'

유성호(문학평론가, 한양대학교 국문과 교수)

1. 미학적 확산을 구현해가는 넉줄시

이번에 출간되는 이석(理石) 육근철(陸根鐵) 시인의 넉줄
시집 『날 찾아 떠나는 길』은 남다른 몇 가지 특색을 지니
고 있다. 먼저 이번 시집은 시인의 지난 행로처럼 '조선 시
대 문학의 한 장르인 시조(時調)의 종장(終章) 3, 5, 4, 3형
식을 빌려 쓴 넉줄시'(「시인의 말」)를 지속적으로 담아낸 성
과이다. 이 간단없는 연속성이야말로 이번 시집이 거둔 가
장 큰 개가(凱歌)이자 존재론적 표지(標識)일 것이다. 다
음으로 이번 시집은, 시인 스스로 이채롭게 규정하였듯이,
'챗GPT, AI가 번역한 넉줄시'를 담았다는 점이 특징적이다.
말하자면 넉줄시 아래 인공지능이 번역한 역시(譯詩)를 병
치한 것이다. 챗GPT로 1차 번역을 한 후에 시인이 2차 검

토하고 3차로는 미국에 사는 지인들이 협업하는 형태로 번역을 완성하였다. 산고가 작지 않았지만 인공지능의 도움을 입은 초기 사례로 이 시집은 한동안 우뚝할 것이다. 마지막으로 이번 시집은 창작과 번역 외에도 각 작품에 걸맞은 그림을 배치함으로써 특유의 예술적 복합성과 입체성을 얻고 있다. 이러한 여러 속성이 지난 넉줄시집과의 연속성과 비연속성을 담고 있는 셈이다.

외관상으로 보면, 시집 『날 찾아 떠나는 길』은 크게 다섯 개의 주제 권역으로 짜여 있다. 우주, 겨울, 가을, 여름, 봄이 그것인데, 이러한 구성은 예전 넉줄시집과 별로 큰 차이점이 없다. 완강하게 우주 혹은 자연이 견지하고 있는 원리나 이치를 탐색하고 추구해온 '자연과학자 육근철'의 위상이 여전히 각별하게 관통한 결과일 것이다. 다만 더욱 새로워진 언어와 이미지로 이번 시집은 육근철 시인이 창안하고 확산해온 넉줄시의 고유한 미학을 그 정점에서 보여주고 있다는 점을 우리는 기록할 수 있을 것이다. 이제 한 편한 편을 고조곤히 읽어보면서, 시집의 경개(景槪)를 한 번 그려보도록 하자.

2. 삶의 근원적 '창(窓)'으로서의 우주 미학

먼저 '우주'다. 말할 것도 없이 '우주(宇宙)'는 육근철 시인으로 하여금 자신의 경험과 기억을 정향(定向)해 가게끔 해주는 일종의 존재론적 기원(origin)으로 나타난다. 시인은 모든 사물의 기원에 대한 의식을 따라 자신만의 시간 경험을 오롯하게 탐구해가고 있는데, 현실과 연루된 감동적 내러티브이든, 어떤 시간을 잠깐 추억하는 순간이든, 삶 자체의 비밀을 심층적으로 탐색하는 장면이든, 시인은 사물의 뿌리에 대한 경험과 해석을 지속적으로 우리에게 들려준다. 물론 이러한 현상의 이면에는, 직선적인 근대적 시간관(觀)에 대한 반성적 사유와 함께, 자신만의 깊은 관찰을 매개로 하여 존재의 심층에 접근하려는 남다른 의지가 배어 있다. 그 다양한 언어의 내질(內質)이 가장 중요한 축을 이루고 있는 이번 시집은 그 점에서 모든 사물의 존재론적 기원을 상상하고 탐구하는 품과 격을 보여주는 빛나는 사례라 할 것이다. 다음 작품들을 한번 읽어보자.

들었니
시간의 소리

굽이치는
저 물결

                                   – 「옹이」 전문

시간이
파묻져 가네
꽃잎은
춤만 출 뿐

                                   – 「존재(存在)」 전문

엿보다
찰나의 순간
무한을
움켜쥐고

                                   – 「풍경(風磬)」 전문

　우주의 매듭이라고 할 '옹이'는 시인의 시선과 필치를 따
라 '시간의 소리'와 '굽이치는/저 물결'로 형상화된다. 우리
가 마음으로 영혼으로 들었을 그 '소리'야말로 '옹이'라는 공
간성에 부여된 시간성의 표징일 것이다. 나아가 시인은 파

문지어 가는 '시간'으로 '존재(Sein)'라는 형이상학적 테마를
사유해본다. 꽃잎이 춤을 추는 찰나에 마주친 불꽃 같은
'시간' 안에 존재의 보편성이 녹아 있을 것이기 때문이다.
그러니 시인에게는 '찰나의 순간'을 엿보는 마음이야말로
'무한을/움켜쥐고' 매달려 있는 '풍경'을 바라보는 일과 같지
않겠는가. 이처럼 '우주'는 '처마 끝/풍경 되라네/울음 삼킨/
물고기'(「창(窓)」) 같은 근원적 '창'으로서의 역할을 하는데,
이때 시인은 순간은/영원의 미분/감추어진/조각보(「지혜(智
慧)」), '어디로/날아갔을까/불 찾아/켜는 순간'(「문장(文章)」)
등 지극한 '순간의 미학'에 대한 배려와 예우를 잊지 않는
다. 결국 '우주'라는 광활한 공간은 '순간'이라는 짧은 시간
성에 의해서만 포착 가능해진다. 어쩌면 이러한 속성은 '넉
줄시'의 존재 방식을 그대로 은유하는지도 모를 일이다. 이
렇게 독자적인 '우주' 미학을 설계한 육근철의 시는 이제 전
혀 새로운 우주의 움직임으로 시선과 관심을 옮겨간다.

새 물결

바이오 AI

퍼지네

물수제비

　　　　　　　　　　　　　　　- 「강(江)」 전문

열렸나
판도라 상자
인간의
양자 점핑

　　　　　　　　　　　　　　　- 「AI」 전문

똘똘한
인간의 조수
넘볼라
창조 영역

　　　　　　　　　　　　　　　- 「챗봇」 전문

　시인의 관심은 인류의 '새 물결/바이오 AI'로 나아간다. 강물 위로 물수제비 퍼지듯 이제 우리 일상까지 찾아온 'AI'의 흐름은 '판도라 상자'처럼 열려 '인간의/양자 점핑'이라는 은유를 얻고 있다. 한때 '똘똘한/인간의 조수'였던 '챗봇'이 '창조 영역'까지 넘볼지 모르는 초현대에 우리는 살아가고 있는 것이다. 이 모든 흐름은 가차 없이 진행되어가는

과학기술의 압도적 진화 양상을 담아낸 동시에, 어떤 근원
적 질서에 대한 암묵적 그리움이 깃들인 고유한 내면 풍경
이기도 할 것이다. 그 점에서 우리는 육근철 시편이 삶의
역설적 가치를 노래한 실체임을, 그리고 인간 삶의 근원적
질서에 대한 미학적 고투의 산물임을 알아가게 된다. 끝없
이 우리의 현재형을 응시하면서, 우리가 살아가는 일상과
역사를 깊이 들여다보는 시인의 시선이 참으로 미덥기만
하다. 그 마음이야말로 '두 마음/한마음 되어/일렁이는/저
물결'(「간섭(干涉)」)처럼 천천히 번져가 시인으로 하여금 '무
리(無理)가/물리(物理)'(「깨달음」)임을 통해 더욱 새로운 우
주 미학을 펼쳐가게끔 해줄 것이 아니겠는가.

　　우주를
　　굴리고 가네
　　한 사내
　　쇠똥구리

　　　　　　　　　　　　－「지동설(地動說)」 전문

　　붉은 달
　　수줍은 미소

천상의

숨바꼭질

― 「월식(月蝕)」 전문

창백한

푸른 점 하나

울고 웃고

다투고

― 「지구」 전문

 이번에 시인은 물리적인 차원에서의 우주 미학을 노래한
다. 가령 코페르니쿠스가 제기한 지동설에 대해 시인은 한
사내가 쇠똥구리가 되어 굴리고 가는 우주로 묘사한다. 천
동설에 대하여 새롭게 제기한 지동설을 새로운 우주 질서
를 발견한 것으로 보고 있는 셈이다. 그런가 하면 붉은 달
이 수줍은 미소로 '천상의/숨바꼭질'을 하는 것으로 묘사
된 '월식'이나, '창백한/푸른 점'에서 울고 웃고 다투고 살아
가는 현장으로서의 '지구' 등도 육근철 시인에 의해 새롭게
조명되어가는 우주적 형상일 것이다. 이 모든 것이 '호기심
의 방/거닐다/행간의 뜰'(「헌 시집」)을 발견한 '시인 육근철'

의 밝은 감각과 사유의 미학적 결과일 것이다.

이처럼 시인은 매우 정제된 시선을 통해 자신만의 아름다운 발상과 표현을 이루어간다. 무의미해 보이는 시간의 마디들을 힘주어 보듬으면서, 넉줄시의 양식적 가능성을 최대치로 끌어올리고 있다. 언제나 자연 사물을 통해 삶의 근원적 '창'으로서의 우주 미학을 건설해가는 시인의 위상은 단연 돌올하다. 그것은 우주가 품은 근원적 질서를 드러내면서 인간과 자연 사이의 관계론을 지속적으로 보여주는 방향으로 진행되어왔다고 할 수 있다. 다음에 우리가 읽을, 계절 운행에 따른 심미적 질서 또한 이러한 방향과 퍽 잘 어울리는 것이 아닐 수 없다.

3. 소멸의 시간 원리를 담은 시편들

다음으로 계절의 속성을 반영한 사례들을 읽어보자. 시인은 춘하추동의 역순으로 '겨울'부터 배치했다. '겨울'에 독자적 문법으로 존재하는 자연 사물들을 바라보면서 겨울이 보여주는 조용한 움직임들을 차분하게 형상화해간 것이다. 한겨울 몸을 움직여가는 사물들이 환하게 다가오는 순간, 우리는 시인의 색채 미학이나 산뜻한 경구(警句)를 통해 더욱 선명한 겨울 심상을 경험하게 된다. 그런가 하면 시인은 자연 공간을 한없이 확장하여 자신과 자연이 자신과 마주하는 장면을 담아내기도 한다. 이는 소멸의 계절임에도 불구하고, 삶에 대하여 궁구하고 치유해가는 도정이 겨울에 오히려 가능함을 암시해준다. 이처럼 시인이 겨울을 배경으로 하여 쓴 시편들은, 좋은 서정시가 존재자들의 속성을 파악할 때 그것이 이성적 파악만으로 되는 것이 아니라 감각적 현존을 통해서도 이루어진다는 것을 극명하게 보여준다. 그 점, 육근철 넉줄시 미학이 거둔 투명하고 아름다운 사례라 할 것이다. 겨울 시편의 사례들을 읽어보자.

　시냇물
　갑옷 입는 밤
　겨울 산
　앓는 소리
　　　　　　　　　　　　　－「삭풍(朔風)」 전문

　사나흘
　갇히고 싶다

눈도 귀도

없는 숲

–「폭설(暴雪)」 전문

서 있네

말도 못 하고

한 잔 술

버선발로

–「나목(裸木)」 전문

　겨울에는 '삭풍'도 몰아치고, '폭설'도 쏟아지고, '나목'들
도 숲에서 맨몸을 드러내게 마련이다. 시인의 시선은 그러
한 겨울의 형상을 잘 포착하고 섬세하게 그것에 언어를 입
힌다. 그때 삭풍은 '겨울 산/앓는 소리'로, 폭설은 '눈도 귀
도/없는 숲'에 '사나흘/갇히고' 싶게 만드는 상황으로, 나목
은 '말도 못 하고/한 잔 술/버선발로' 서 있는 존재자로 태
어난다. 시인은 이처럼 모든 것이 잦아든 겨울에도 '시간의
향기'(「와인」)와 '시간의 소리'(「나뭇결」)를 경험하고 있는데,
이러한 시인의 태도는 서정시야말로 사물과 상황을 생성적
으로 부조(浮彫)해가는 더없는 언어예술임을 우리에게 알

려준다. 따라서 시인이 노래하는 대상은 언어를 통해 자신들의 궁극적 모습을 얻어가게 된다. 물론 이때의 궁극적 모습이란 철저하게 고립된 개인적 차원을 뜻하는 것이 아니라, 뭇 사물들의 보편적 존재 방식을 함께 아우르는 것이다. 그 점에서 육근철 시편은, 구체적인 대상의 모습과 함께 시간의 흐름에 따른 자연스러운 사물들의 원심력과 구심력을 동시에 보여주는 실례라 할 것이다. 다음은 어떠한가.

드러낸
존재의 진실
스며든
고독의 길

— 「헌 신발」 전문

그리워
별들도 운다
달빛 고인
발자국

— 「밤길」 전문

발걸음
몰래 간직한
가슴앓이
그림자

　　　　　　　　　　　　　　－「그 집」 전문

　이번에는 겨울이라는 상황이 불러오는 인간 삶의 모습이
암시된다. 다 해진 '헌 신발'처럼 '고독의 길'로 스며든 인간
'존재의 진실'을 바라보거나, 별들도 그리움에 우는 '달빛 고
인/발자국'의 '밤길'을 걷거나, '몰래 간직한/가슴앓이/그림
자'를 안고 '그 집' 앞에서 발걸음을 옮기거나, 모두 외롭고
높고 쓸쓸한 시인으로서의 존재와 닮지 않았는가. 이 또한
'피 끓는 단어/번갯불/내려치듯'(「시(詩)」) 찾아온 고독과 그
리움과 가슴앓이의 시간들이었을 것이다. 이처럼 시인은
삶에 대한 사실적 재현이 아니라 겨울이라는 조건에서 발
원한 사물의 그림자를 탐구하면서 현재적 시선에 의해 선
택되고 배제되고 구성되는 상황을 그려가고 있다. 그 점에
서, 시인이 선택하고 배열하는 세목들은 현재 시인이 살아
가는 내면의 형식을 담고 있는 셈이다. 따라서 육근철 시인

이 재현하는 사물들은 지금 자신이 살아가는 원형적이고
아름다운 것들에 대한 그리움에서 일관되게 발원되는 것
일 터이다. 이제는 '가을'이다.

적시네
감나무 밑둥
들이치는
서러움

— 「추우(秋雨)」 전문

불이야
단풍나무집
바람 난
할아버지

— 「만추(晚秋)」 전문

연필 끝
고추잠자리
묵상하는
외계인

- 「이 순간」 전문

'겨울'이 소멸의 계절이라면 '가을'은 모든 것이 이울어가
는 과정적 계절일 것이다. 가을비가 내리면서 감나무 밑둥
을 적실 때 불현듯 찾아오는 서러움이나, 늦가을에 불이
난 것처럼 타오르는 단풍나무집에 재미나게 불러보는 '바
람 난/할아버지'나, '연필 끝/고추잠자리'를 묵상하는 외계
인의 순간에 대한 상상이나, 모두 가을이 품고 있는 정서
적, 상황적 풍경들이다. 비록 '약속은/저만치'(「파문(波紋)」)
사라져가고 '자연의 시선/꽃의 눈/바람의 말'(「시심(詩心)」)
도 기울어가지만, 가을은 역설적으로 '한 줄기/어둠 속 빛
살/꿈을 꾸는'(「시인(詩人)」) 계절이기도 할 것이다. 이처럼
육근철 시인은 가을을 담아가는 과정에서 가장 아름다운
성찰적 의지를 보여준다. 이를 두고 스스로에 대한 관조적
자기 회귀성이라고 불러도 좋을 것이다. 그러나 이때 회귀
성이란 자기애(自己愛)를 바탕으로 하면서도 자신에 대한
반성적 의지를 동시에 수반하는 것을 말한다. 그래서 그
안에는 다른 사물과의 관계를 통해 탐색해가는 보편적 삶
의 이법도 포함된다. 그가 노래하는 가을 시편은 이처럼 남
루한 일상에서 빠져나와 새로운 인생의 공리를 경험하게

해주는 가편(佳篇)으로 빛을 뿌린다. 물론 이러한 결실은
더 깊은 실존을 경험하려는 의지를 던져주는 지표들이니,
이 또한 그리움의 깊이를 형상화해가는 육근철 시학의 상
징적 흔적일 것이다.

참 좋아
내가 나라서
붉은 기개
푸른 꿈

— 「노송(老松)」 전문

그립다
그립다 하면
다시 올까
그 사람

— 「노을」 전문

저 능선
알고 있을까
비우고

채우는 뜻

─「달」전문

이번에도 천천히 기울어가면서 자신의 존재를 선명하게
증명하는 사물들을 불러왔다. '붉은 기개/푸른 꿈'으로 아
직도 '내가 나라서' 참 좋다는 '노송'은 시인 자신에 대한 은
유로 모자람이 없고, 그립다 하면 다시 올지 모를 '그 사람'
에 비유된 '노을' 또한 장엄한 사라짐을 준비하는 중이다.
'비우고/채우는 뜻'을 알려주는 '달'은 차고 기우는 인생 묘
법을 가장 선연한 비유로 들려주고 있지 않은가. 이 또한
'책갈피/잎맥 그물망/걸려든/기적소리'(「고엽(枯葉)」)처럼, '어
둠 속/별들의 신호/비밀의/조타장치'(「기러기」)처럼, 어김없
이 찾아오는 가을날 '짧은 사랑/긴 이별'(「서리꽃」)의 속성을
듬뿍 담고 있는 실례들일 것이다.

이렇게 시인은 겨울과 가을이라는 계절의 속성을 관찰
하고 표현하면서, 사물들의 고유한 존재 방식을 통해 삶의
본질을 형상화해간다. 그것이 표상하는 무게와 질감은 삶
의 본질을 유추적으로 결합시키는 시인의 의도를 간접적으
로 암시해주는 셈이다. 그래서 그가 포착한 사물의 존재 방
식은 인간 혹은 시인의 그것으로 치환되고, 존재의 심층에

가라앉은 삶의 이법에 대해 사유를 가능하게 해주는 것이
다. 육근철 시인은 이러한 과정을 통해 삶의 비의(秘義)에
닿으려는 일관된 의지와 실천을 보여주면서, 사물에 편재
(遍在)해 있는 소멸의 시간 원리를 정성스럽게 채집해간다.
겨울과 가을 시편들은 이러한 육근철 시학의 깊이를 단적
으로 보여주는 범례(範例)들이다.

4. 생명의 파동을 그려가는 시편들

　또한 육근철 시인은 가장 원형적인 언어를 통해 오래도
록 관찰해온 자연 생명들의 움직임을 그려낸다. 당연히 그
계절적 배경은 '여름'과 '봄'이다. 아마도 시인은 그 계절의
언어를 스스로에게 비추면서 몇 번이고 읽어보았을 것이다.
그때 선명한 자연 사물들의 얼굴이 시인으로 하여금 사랑
과 그리움의 정점을 경험하게끔 해주었을 것이다. 시인은
이렇게 서정의 원형인 그리움의 원리에 의해 자기동일성을
탐색하고 재구(再構)해가는 과정을 생명의 파동으로 그려
낸다. 물론 이때 생명의 파동이란 그동안 겪어온 시간 경험
을 가장 근원적인 형식으로 복원하면서도 거기에 현재 자

신의 삶을 비추어보는 성찰적 행위를 동반하는 개념이다.
그렇게 시인은 여름과 봄이라는 생명의 계절에 실존의 깊
이를 더해가고 있는 것이다. 먼저 '여름'이다.

　　열 받은
　　지구의 경고
　　아름다운
　　야광운(夜光雲)

　　　　　　　　　　　　　　－「징조(徵兆)」 전문

　　엇박자
　　실성한 바람
　　솟구치는
　　물보라

　　　　　　　　　　　　　　－「태풍(颱風)」 전문

　　청대 숲
　　숨어든 달빛
　　마주 앉은
　　눈썹달

－「참선(參禪)」 전문

시인은 여름날의 물리적 차원을 유명한 자연과학자답게 '열 받은/지구의 경고/아름다운/야광운(夜光雲)' 같은 '징조'나, '엇박자/실성한 바람/솟구치는/물보라'로서의 '태풍' 현상이나, '청대 숲/숨어든 달빛/마주 앉은/눈썹달' 같은 외로된 '참선'의 은유를 통해 제시한다. 더불어 '찬란한/가로등불빛/속삭이는/유리창'(「밤비」)이나 '누구의/눈동자인 듯/돌확 빠진/보름달'(「상흔(傷痕)」) 등도 성하(盛夏)의 세목을 구성하는 데 안성맞춤이다. 이러한 시적 형상들은 육근철 넉줄시의 주제적, 표현적 외연을 확장하는 데 크게 기여하는 독창적 기량의 결과일 것이다. 비록 넉줄시의 미학의 근간이 형태적 안정과 제약 안에서 이루어지고는 있지만, 이러한 성취는 시인이 세계를 마주하면서 견지하는 역동성과 고유성을 지켜주었을 것이다. 그래서 넉줄시는 내용과 형식에서의 정격(正格)을 통해 가장 자유로운 표현적 묘미를 구축해간 셈이다. 역시 '여름'을 노래한 다음 시편들로 눈길을 옮겨보자.

한 생애

꿈이 담긴 곳
누워 보는
초록별

— 「꽃무덤」 전문

줄무늬
개구리참외
쩍 벌어진
황금 맛

— 「토종」 전문

숲속은
생각의 바다
날 찾아
떠나는 길

— 「산책」 전문

'꽃무덤'은 어떤가. '한 생애/꿈이 담긴 곳/누워 보는/초록별'이라는 이 형상이야말로 이번 시집에서 가장 아름다운 생명 현상을 보여주지 않는가. '줄무늬/개구리참외/쩍 벌어

진/황금 맛'을 노래하는 '토종' 생명의 힘이나 '숲속은/생각
의 바다/날 찾아/떠나는 길' 같은 잔잔한 생명의 '산책'까지
포함하면, 육근철 시인의 여름날이 왕성한 빛과 함께 디오
니소스적 고독도 포괄하고 있음을 알게 되지 않는가. 이처
럼 '외톨이/달팽이 보폭/신이 보낸/초대장'(「기억」)을 간직하
면서도 '나 죽어/불꽃 되리라/하룻밤/눈먼 사랑'(「부나비」)
을 노래하는 육근철의 시는 스스로 택하는 자유로움을 통
해 '원초적 통일성'을 회복하는 것을 궁극적 과제로 삼아
간다. 이때 우리는 주체와 세계가 분리된 상태로부터 그것
의 통합적 국면을 꾀하고자 하는 시인의 지향을 경험하면
서, 우리를 둘러싼 세계와 그것을 수용하는 주체를 이어주
는 감각이 움직임을 느끼게 된다. 사실 서정시는 시인이 겪
어낸 경험의 정서적 등가물인데, 육근철 시인에게 그러한
경험의 원천이 되어주는 것은 줄곧 자연으로 나타난다. 그
가운데 '여름'은 시인으로 하여금 삶을 근원에서부터 깨닫
게끔 해주는 생명의 상징이다. 시인은 그 안에서 아름다운
심미적 형상을 발견하기도 하고 생명의 근원을 은유할 수
있는 미학적 흔적을 찾아내기도 한다.

  마지막으로 '봄'이다. 새롭게 피어나는 자연 사물들을 '보
는' 때라서 '봄'이 아니던가. 육근철 시인은 이번 시집을 통

해 봄의 전령사들인 '꽃'을 바라보고 다른 사물들을 숱하게
초청한다. 소월(素月)의 「산유화(山有花)」에 등장하는 것처
럼 '꽃'은 육근철 시인의 가장 원초적인 봄날의 주인공으로
나타난다. 바람에 안겼다가 그 바람을 뱉기도 하고, 한 치
의 빈틈도 없이 봄을 가득 채운 꽃들은 그 자체로 숨 막히
는 아름다움을 건넨다. 그리고 무슨 기쁜 소식이라도 전하
려는 듯 천천히 움직이는 자연 사물들도 생동하는 봄기운
을 느끼게 해준다. 이처럼 봄 시편들은 자연과 인간의 심미
적 공존을 통해 더욱 약동하는 봄을 만나게 해준다.

꽃잎은
빛의 생채기
반짝이는
빛 물결

　　　　　　　　　　　　　　　　　－「동백」 전문

늙어도
꽃 피우는가
검은 등걸
흰 꽃잎

– 「벚꽃」 전문

무엇이
보고 싶을까
담 너머
기웃기웃

– 「청매화」 전문

'동백'과 '벚꽃'과 '청매화'는 넉줄시 양식에서 '빛의 생채기/반짝이는/빛 물결'이나 '늙어도/꽃 피우는' 검은 등걸 흰 꽃잎으로, 그리고 '담 너머/기웃기웃'하는 모습으로 약동하고 있다. 더불어 '피 멍든/저 붉은 입술/누구의/절규'(「목단」)라는 표현이나 '찻잔 속/매화 한 송이'(「독락(獨樂)」)의 향기, '눈 위의/핏빛 발자국/동백꽃/눈먼 사랑'(「투신(投身)」), '술잔 속/어리는 얼굴/홍매화/붉은 입술'(「회상(回想)」) 같은 이미지군(群) 역시 이번 시집이 얼마나 풍요로운 사물들로 가득한가를 실증해준다. 이러한 예술적 감동을 통해 우리는 넉줄시의 본령을 형식과 내용의 안정성에서 찾곤 하던 것을 뒤집어, 그것이 얼마든지 생동감으로 확장해 갈 수 있는 언어의 파동을 품고 있음을 느끼게 된다. 이러한 생동감은 '여름'과 '봄'이라는 생명의 계절 속에서 미학적 파동을 더욱 크게 그려간다. 또한 그 저류(底流)에는 시인이 오랫동안 겪은 절실한 경험 가운데 가장 깊은 기억의 층이 녹아 있는 동시에, 그 시간의 층에서 회상과 예감을 치러가는 시인의 모습이 선연하게 어려 있다. 현실 질서의 재현보다는 상상 질서의 탈환 과정을 더 선명하게 보여준 그의 시편들은 이렇게 무수하게 흔들리는 꿈과 그리움의 계절에 성찰적 자기 확인의 과정을 치러가는 것이다.

어느 먼
그리움인가
봄 물결
출렁이는

　　　　　　　　　　　　　　　　　　　－「뻐꾹」 전문

말없이
떠나가리라
기와지붕
눈 녹듯

　　　　　　　　　　　　　　　　－「춘설(春雪)」 전문

열린 문
애호랑나비
언제 왔나
봄소식

　　　　　　　　　　　　　－「똑똑」 전문

　뻐꾸기가 울어예는 봄날의 '어느 먼/그리움', 봄눈 녹아내
리는 때의 '말없이/떠나가리라'는 다짐, 똑똑 떨어지는 '애
호랑나비'의 봄소식 등 시인의 감각과 사유에 붙잡힌 봄날
의 생명성은 꽤 구체적이고 세부적이다. 이 모든 것이 '한
계절/보따리장수/이집 저집/뚜쟁이'(「꿀벌」)로 살아가는 이
들의 부지런함이나 '그 누가/뿌려놓았나/은하수 꽃/별 무
리'(「봄 길」) 같은 친숙한 천체 미학과 연결되고 있다. 이때
우리는 육근철 시인이 구현하는 중요한 음역(音域)이 궁극
적으로 가닿을 수 없는 신성하고 아름다운 존재에 대한 그
리움에서 찾아진다는 점을 발견한다. 진한 그리움에 바탕
을 둔 사랑의 노래가 말하자면 육근철 시편이다. 단아하고
잔잔한 언어를 통해 이러한 증언의 한 속성을 충실하게 담
아낸 미학적 성취로서 『날 찾아 떠나는 길』은 눈부시다. 그

만큼 시인은 넉줄시 안에 가지런히 배열된 언어를 통해 자
신만의 '순간의 미학'을 퍽 인상적으로 드러내면서, 운율 자
체를 무화하고 산문을 지향해가는 우리 시대에 맞서 함축
적이고 음악적인 양식을 완결해가고 있는 것이다.

5. 아득하게 울려오는 애잔하고 아름다운 세계

우리가 잘 알듯이, '넉줄시'에는 일종의 선험적 형식 원리
가 주어져 있다. 그것을 충족하지 않으면 그것으로 존립할
수 없는 최소 요건이 있는 것이다. 그 어떤 원리도 미리 주
어진 것이 없고 시인의 내적 호흡에 따른 자유로운 리듬이
뒤따를 뿐인 일반 자유시와는 현저하게 다른 것이다. 그 점
에서 육근철의 넉줄시는 최근 쓰이는 시편들에 나타나는
줄글 형식의 산문 지향성을 반성하는 성찰적 노력으로 뒷
받침되어 있다. 이때 우리가 넉줄시를 메타적으로 성찰하
는 일은 매우 중요한 의미를 띨 것이다. 결국 우리는, 개별
적 경험과 선험적 형식을 균형 있게 결속하면서 넉줄시다
움을 지켜가는 '시인 육근철'의 미학적 정점이 이번 시집에
구축되어 있다고 말할 수 있다.

지금까지 우리는 시집 『날 찾아 떠나는 길』을 천천히 읽어왔거니와, 이 시집 안에 더욱 성숙하고 아름다운 관찰과 표현, 존재와 존재자, 보편적 삶의 원리와 '순간의 미학'에 담긴 그리움의 깊이가 더없이 아름답게 농울치고 있음을 알게 되었다. 육근철 시학의 오랜 연륜처럼, 깊고 오롯한 개성의 목소리가 아득하게 울려오는 애잔하고 아름다운 세계가 아닐 수 없다. 이제 우리는, 이러한 탁월한 성취를 딛고 넘으면서, 육근철 시인이 더욱 지속성과 파급력을 가지면서 많은 이들에게 한없는 감동을 선사해가기를 마음 모아 기원해보게 된다.

The Path to Finding Myself

펴낸날 2023년 6월 9일

지은이 육근철
펴낸이 주계수 ┃ **편집책임** 이슬기 ┃ **꾸민이** 이슬기

펴낸곳 밥북 ┃ **출판등록** 제 2014-000085 호
주소 서울시 마포구 양화로 7길 47 상훈빌딩 2층
전화 02-6925-0370 ┃ **팩스** 02-6925-0380
홈페이지 www.bobbook.co.kr ┃ **이메일** bobbook@hanmail.net

© 육근철, 2023.
ISBN 979-11-5858-932-5(03810)